杉山さんの抒情の裏庭

――『軌跡の小片』に寄せて

音谷健郎

杉山平一さんといえば、少し笑みをたたえた穏やかな表情が浮かんでくる。長身の小首を折るようにして静かに話される姿は、都会的な抒情の詩とぴったり重なった。90歳を超えた晩年になっても、関西の詩のイベントでは、杉山さんの「大老」としての冒頭の挨拶がなければ落ち着かなかった。ゆっくりだがよどみなく話された。話は長くなることもなく、簡潔に的確に締めくくられた。私は、胸に迫るような思いを抑えて拍手したものだ。

そんな杉山さんのもう一つの顔に迫ったのが、『軌跡の小片』だ。私がこの作品に出会ったのは、２０１４年度大阪文学学校賞の選考委員のひとりを勤めた時だった。同名のタイトルで「エッセイ・評論・ノンフィクション部門」に応募されてきた。もっと正確に言えば、応募はこの本の「一『わが敗走』にたどり着く」を軸に、杉山さんの自叙伝風の『わが敗走』をたどったものだった。

選考では最有力候補の一角だった。杉山平一さんの知られざる一面に光を当てたものとして注目した。杉山さんが若き日に、中堅会社の経営に当たり、その会社が倒産したことは知られていた。だが、この優しい詩人がどんな経営者だったかは、私にはまるで想像がつかなかった。

応募作は、その中堅会社、尼崎精工の経営から倒産までを、資金のやりくりや労働組合との交渉など事細かく描いていた。杉山平一研究に一石を投じるものだということに異存はなかった。だが、これらの体験と詩作との関係には言及されておらず、文学探求としては物足りなかった。「文学学校賞」はのがしたが、「佳作」に選ばれた。選評で私は、「この誠実な詩人の経営者、倒産体験が詩にどう反映したのかまで触れてあれば、もっと見事な作品になっただろうと惜しまれる」と書いた。

かくして、再度出会ったのがこの本だ。引き続き『わが敗走』に依拠しながら展開している。時局の動きを加え、より詳しく、苦しい資金繰りの様子を描いている。年次を追っての杉山さんの去就には、攻めあぐんだとみえ、会社縮小の各段階の年月と詩集の対比はなされていない。こちらの頭の中で考えるように、たやすくはいかなかったようだ。「五　詩集をたどる」の項が加えられているが、経験がどのように詩に反映したかは、対応させるすべがなかったようだ。

それでもいくつかのことを知った。

尼崎精工は、戦前は従業員３０００人を超える大きな会社だったが戦後は６００人ぐらいでスタート。杉山さんは専務として父親を支えた。資金繰りに明け暮れ、50年のジェーン台風で操業に大打撃を受けた。サンヨーをライバル視していたものの洗濯機製造などで大きく水をあけられたらしい。ミキサーや扇風機製造で一息ついたが、すぐ追いつかれた。資金繰りがつかずたびたび労働組合に迫られ、60年代には人員削減で小さな規模に。66年に帝塚山学院短期大学（現・帝塚山学院大学）教授に迎えられ一時は二足のわらじを履いたが、すでに工場は形だけだったようだ。

「五　詩集をたどる」では

「むかし　ながく苦しかった時代／あの星に祈ったころをおもいだす。／／トンネルは必ず抜けるもんだ／待つものは必ずくるのだ。」（『木の間がくれ』の「三月」から。87年刊）

といった詩を取り上げている。杉山さんは怒濤のような時代を、それでも前向きに記憶化しているのだと、私は受け取った。

結局、嵐のような会社経営は実質20年くらい、その後の大学生活も約20年。一貫して明澄な詩を書き続けた。

帝塚山学院大学では杉山さんは大事にされ、名誉教授として退いた後も、学内報の冒頭は杉山さんの詩で飾られていた。

振り返ってみて、金策での融通手形などいかにも素人っぽい。会社は一方的に倒産するのではなく、労使和解協定を締結して解散。海千山千にはなれず、誠実に対処されたに違いない。抒情詩人らしいと、安堵の胸をなで下ろした。

（大阪文学学校チューター）

軌跡の小片

事業家 杉山平一をたどる

中村廣人
Nakamura Hiroto

澪標

軌跡の小片

――事業家　杉山平一をたどる――

中村 廣人

目次

装幀　森本良成

一　『わが敗走』にたどり着く

ある日のクラス合評会冒頭、チューターが一人の詩人について話をされた。父親が尼崎に設立した会社で経営の手伝いをしていて、戦後、大変苦労をしたということが記憶に残った。

私は三十代前半に労働組合活動に携わった経験がある。戦後会社経営で苦労したのであれば、労働組合との関わりで苦労したに違いない。そう思ったことが詩人について調べる動機になった。チューターに詩人と会社の名前を聞くことから始めた。詩人の名は杉山平一、会社は尼崎精工株式会社だった。

労働組合活動家の先輩二人を訪ねた。戦後尼崎で活発な労働運動をしたと言うK氏に話を聴いた。K氏は、私が労働組合活動をする中でもっとも影響を受けた一人だった。それだけに意義ある話が聞けるだろうと期待をしていた。だが、有効な話は聞き出すことができず、内心がっかりした。K氏のルートは早々に消えた。

次に訪ねたのはD氏。労働保険事務等を代行する協同組合の理事長だ。

「知り合いの女性詩人から、有名な詩人で名を杉山平一といい、父親が経営する尼崎精工株式会社の経営を手伝い、戦後ずいぶん苦労をしたという話を聞きました。戦後間もない時期なので労働組合関係で苦労したに違いない。活動家だった理事長なら、当時の状況をご存知かもしれないと思い伺いました」

「私自身は初めて聞く話なので答えようがありません。話が漠としていて分かり難いが、今も元気にしている古い活動家を何人か知っているので当たってみましょう。また、参考になるような資料があるかさがしてみましょう。何かつかめたら連絡しましょう」この日の話はこれで終わった。

後日、電話があり訪ねた。「ネットで集めた資料です」と一冊のファイルを渡してくれた。また「話を聞けそうな人が一人いました。ただしお役に立てるかどうかは自信がありません。会って話を聴き、確かめて貰うしかありません」

「先ず、資料を精読させて下さい。話を聴くのは後日、あらためて日時等の調整をお願いすることにします」と辞去した。

資料のなかに扇風機マニアが情報交換をしていると思われるやりとりがあった。そのなかのくだりである。

アマコー扇風機、三菱電機から川北電気を経て独立した杉山鬢一《こういち》（ふりがなは筆者）という方が興した尼崎精工という会社の製品です。（中略）この会社の来歴は同社の専務だった杉山平一さんの『わが敗走』という本に詳しいです。

これで、扇風機、尼崎精工、杉山平一の繋がりが分かった。この本がキーだ。直感的にそう思い嬉しさがこみ上げてきた。なにはともあれ『わが敗走』を読むことだ。なんとか手に入れようと思い、一般書店、梅田周辺で心覚えのある古書店を数店回った。がどの店にもなかった。ネットで探してみようと思い検索した。『わが敗走』を見つけた。だが、私は購入の手続きができないので四男に頼んだ。一週間から一〇日ほどで最寄りのコンビニに届くと言っていたのだが、結果は二〇日ほどかかった。

本が届くまでの間、やれることはやっておこうと思った。聴取をお願いしていた方との面談が決まった。D氏の事務所が入居するビル内にある、会員制倶楽部の懇話室でF氏を紹介された。開口一番「D君にな、尼工（尼崎精工）も、尼鋼（尼崎製鋼）も知ってるで、どっちかはっきりせな話でけへんゆうてたんや。どっちやの？」「会社の名は尼崎精工株式会社、そこにいた詩人で杉山平一という方について調べていますす」と告げた。以下、羅列になるが聴取の要約である。

よう知ってるで。杉山いっぺい（平一を誤って覚えている）さん、普段は専務さんと呼んでいた。戦前からあった会社で、戦時中は五〇〇〇人ほど、戦後すぐは二〇〇〇人程度。工場は金楽寺小学校（現、尼崎市立金楽寺小学校）から国鉄尼崎駅（現、ＪＲ尼崎駅）に及ぶ広大な敷地だったようだ。

扇風機を製造していて、東南アジアへ輸出していた。同業他社のハネはプラスチック製で、高温地域のため使用中にハネが熱変形して使い物にならず、評判が悪かった。アマコー製はアルミのハネを使っていたので変形せず評判がよく、売れ行きもよかった。間もなく、他社が熱変形しない（耐熱性）プラスチックのハネを開発してからは、追い上げられ、急激に市場を奪われていったようだ。

アマコーを総評の全国金属労働組合（以下全金という）に加入させたのは一九五八（昭和三三）年頃だった。全金は、金属と機械の二業種（産業）で組織されていた。尼崎総評の書記長だったMから、くびきり人員整理、給料の遅配、ボーナス未払いなど、何かと問題の多い職場だ。労働者も困っているので早急に組織化を図らねばならない。ついては、手を貸してほしいと、Nスピンドルの委員長だった私に声がかかり、二人で乗り込み組織した。

加入当時の従業員は三〇〇人程度だった。それまでに人員削減がかなり進められていた。加入後も主な闘争は賃金遅配、ボーナス未払い、くびきり反対闘争だった。専務さんは映画の評論などを書いていると話していた。評論が載った雑誌を読ませてもらったこともある。大学の講師をしていると言っていた。後に、帝塚山大学の先生になった。人柄は文化人らしく、穏やかな紳士だった。

社長は温厚な人柄だったが、経営に優れているとは思えなかった。団体交渉は社長と専務としていたが、専務は学校が忙しいとよく言っていた。あなたのような文化人がこんなことをしていてはいけない。あとは、我々に任せて学校へ行きなさいとよく言ったもんだ。すると「よろしくお願いします」と言って出ていった。

会社を閉鎖する三年程前から労働組合が生産管理をして、組合員に飯を食わせた。ボーナスが払えないというので、五〇〇台の扇風機を現物支給で下さいと要求し、社長と交渉して貰い受けた。労金（労働金庫）の協力を得て、一台六〇〇〇円で、一ヶ月三〇〇円の二〇回払いで販売した。社長の乗用車、大きな日産車を借り、見本を積んで私が大阪、兵庫の各単組へ出向き、冬に扇風機を売り歩いた。二〇回払いというのがうけて、予想を遙かに超えて一六〇〇台も売れた。おかげで、五〇〇台分のハネが足りなくなった。伊丹にあったハネ製作会社の労組委員長のコネを使い、急遽調達し間に合わせた。スイッチに弱点があり、よく故障をした。そのたびに私のところへ修理依頼の電話が入た。売った責任があるので、取り替え用のスイッチを会社からもらい、私が取り替えに行った。

会社は一九六五（昭和四〇）年ぐらいになくなった。七〇人ほど残っていた組合員について、労使双方が精算に関する和解協定を締結して労組は解散した。その際、残っていた扇風機の売上金も退職金として支払い精算した。全盛期に比べれば見る影もなく、残ったわずかな土地、一〇〇坪（約三〇〇㎡）ほどに小さな建て屋があった。そこを事務所のようにして、社長と専務が出勤していたようだ。出入りする姿を目撃したという話を元従業員や近くの会社の組合員などから聞いた。スイッチの取り替えは、解散後もしばらく続いた。

当時の社長、専務を知っている者は、もう俺以外におらんやろう。二、三年前までなら二人ほどおって、ときどき顔を会わすこともあったけど、皆死んでもうた。

ちょっと、寂しげな表情をかすかに浮かべてF氏は話を終えた。

詩人、杉山平一が事業家であった時代に立場は対立関係にあったとはいえ、日々接していた人の話はそれだけで迫力があった。聴き終えてからも興奮状態はしばらく続いた。

杉山平一の追悼記事をネット検索した。それらをひろい読みし、これはと思ったものはプリントアウトした。これを通して杉山平一についてある程度の心象を作ることができた。

尼崎市立地域研究史料館（以下史料館という）を訪ねた。史料館では多くの資料をコピーしてもらった。この時『わが敗走』の現物を初めて見た。少し興奮して手に取り、巻末の自筆年譜を食い入るように読んだ。帰り際、職員に呼び止められた。アマコー扇風機が一台、尼崎市立文化財収蔵庫（以下収蔵庫という）に展示されていると教えてくれた。

アマコー扇風機を見に収蔵庫を訪ねた。外観は学校のたたずまいだ。受付に置いてあった案内パンフを取って目を通した。「市立尼崎高校の前身である尼崎市立高等女学校の校舎として建てられた建物」とあった。外観から受けた印象は当たり前だったのだ。

事務室、展示室、実習室などがある本館棟を二度ほど巡ったが、扇風機が見あたらず事務室に声をかけた。男の職員が出てきた。趣旨を伝えると案内してくれた。そこは、一見倉庫のような建物だった。引き戸に「産業・民俗資料室」とあった。

少しくすんだ薄黄緑の扇風機が展示されていた。

羽根カバー前面の中央、円形部にａｍａｃｏを図案化したロゴマークが描かれていた。羽根は四つ葉のクローバの形状で四枚。羽根元は回転端子にリベット（鋲）で固定されていたので金属だろうと想った。羽根先端部に塗装が剥げ、下地がむき出しになっている箇所があった。その表面は銀箔塗装が劣化した、薄ネズミがかった色合いだった。永久磁石を当てたが引っ付かなかった。Ｆ氏がいうアルミに違いないと思った。

　スイッチはレバーを左右に移動する方式だ。レバーの下側に０、１、２、３と数字が刻印されている。０はＯＦＦ。１、２、３は風力表示だ。

「何年頃製造されたものか分かりますか？」

「寄贈者からは、昭和三〇年頃のものと聞いています」と職員は答えた。

　展示物の写真を撮るのはかまわないと書いてあったので、携帯カメラで正面とスイッチ部分に焦点をあて二枚撮った。（写真‐１、写真‐２）

写真 -1

写真 -2

銘板の刻印を書き取った。（図 - 1）

ＤＡＴＥに刻印はなく、製造年月日の確定はできなかった。

後日、写真をＦ氏に見せた。

「懐かしいねぇ。四枚羽根。スイッチもレバーやし。羽根はアルミやった？」

「アルミだと思います」

「これが東南アジアへ輸出していた扇風機やと思う。会社に保存していた型と同じやもん。俺らが組織した時には、スイッチは押しボタン、ハネはプラスチックやった」懐かしそうな表情でいった。

ELECTRIK	FAN A.C
TYP 刻印なし	BLADE 16in VOLT 100-110
REG.NO・・・85	CYCLE 50-60 DATE 刻印なし
AMAGASAKI	SEIKO CO;LTD.
J.I.S	MADE IN JYAPAN

図 -1

『わが敗走』（一九八九年・編集工房ノア）がようやく手に入った。早速読み始めた。ざっと読んだだけの感想だが、内容は重苦しく、受け止めるのにしんどさを覚えた。

あとがきに

神戸新聞に連載して貰った「わが心の自叙伝」を本にすることになったので、その周辺の自伝的なものをあつめてみた。

とある。

全体は主要三部分と自筆年譜、あとがきで構成されている。Ⅰの「風浪」「今年最後の入道雲」は、本人は小説と言っているが、会社経営の実録として読んだ。Ⅱは家族や自身の青春時代のことなどが七編にわたって書かれている。エッセイの印象を受けた。Ⅲは総括ともいえる「わが心の自叙伝」である。「第二の故郷尼崎」として一項を記述している。尼崎への思い入れの深さを感じた

Ⅰを柱に、書かれている社会的事象をたどっていけば、会社のおかれていた社会背景、伴って事業家としての実像もうかび上がってくるのではないかと思った。

二　「風浪」をたどる

前年から遅れ遅れになっている給料は一時棚上げし、今後、月々の給料はその月に確実に支払う。棚上げ分は業績の回復に従ってとり戻してゆく。さきゆきの見通しはある。労使双方が大筋で合意、約束した。幸いよい注文も入り、外部の支払いを削ってもその月その月に給料を払ってきた。ところが、秋に入って、思いがけないポンドの切り下げ*1に見まわれた。

ポンド切り下げは一九四九（昭和二四）年九月に実施された。一ポンド四・〇三ドルから二・八〇ドルへ、およそ三〇・五％の大幅切り下げだった。粗雑ながら、意味を説明すれば次のようである。イギリスでは、これまで一ポンドで買うことができた日本からの輸入製品を、今後は一・三〇五ポンド支払うことになる。大幅な値上がりだ。

購入意欲は減退し日本製品は売れなくなる。従って日本は輸出が難しくなるのだ。一方、日本では、これまで四・〇三ドル（一四五〇・八円）支払っていたものが二・八〇ドル（一〇〇八円）で買うことができる。大幅な値下がりになり、よく売れるようになる。輸入が増えることにつながる。この時代、ポンドはドルとともに、世界の基軸通貨だった。それだけに今日では考えられないほどの大きな影響を及ぼした。ちなみに、一ドル＝三六〇円の固定レートになったのは一九四九（昭和二四）年四月だ。ポンド切り下げと同じ年だが、半年ほど前のことだった。以来、一九七一年八月、いわゆるニクソンショックまで、二二年の長きにわたって固定されたままだった。この対ドルレートの低さが、戦後日本の経済復興とそれに続く高度経済成長に果たした役割は大きい。*2 こんなからくりで、アマコー労使が業績回復につながると大きな期待をよせていた輸出が止まり、苦境への導因となった。

ポンド切り下げの確認で、当面している争議が一九四九（昭和二四）年十一月半ば近くだと確定できた。同時に、給料遅配を巡る争議の始まりが、前年の一九四八（昭和二三）年末近くだと特定できた。

棚上げ保留分に追いつく余裕どころか、きちんきちんと払うべきその月々の金もずれはじめました。

もう十一月も半ば近くでした。年の暮も迫ってくるから遅れている給料を全部とり戻してほしいというのでした。

保留分やら遅れている給料は、三百万円程になっていました。

（『わが敗走』より　以下同）

表-1　初任給　（単位：円）

年	国家公務員上級職大卒	民間銀大卒
1947（昭和22）年	540	220
1948（昭和23）年	2990	
1950（昭和25）年	3000	3000
1955（昭和30）年	8700	5600
1957（昭和32）年	9200	12700

三百万円はどの程度の重さを持っていたのだろうか？当時の大卒初任給は表-1*3のようである。いま、労働組合員の賃金を年功等を斟酌《しんしゃく》し、その上に保留分を加味して、昭和二五年の大卒初任給の二倍と、大胆に仮定する。これで三百万円を除すと五〇〇だ。これは組合員の推定人数で、当たらずとも遠からずの数字だと思う。それは、給料遅配が一年前（一九四八年）の暮れに始まっていて、その時の交渉で、上部団体・総同盟の書

記長へ会社の来歴を説明している次のくだりが根拠だ。

総同盟の書記長たちに、色々説明している私たち社長室にまで、職場大会の数百人の連中の、ざあっという拍手が、何度もきこえて来ます。(傍点は筆者)

会社全体の員数は、非組合員の社員を考慮すれば六〇〇人程度だろうか。総同盟の書記長たちへの説明は続く。

私のところは戦争中、学徒や徴用工を加えると、四千人ばかりいて、かなりの働きをしました。

これには資料がある。空襲に対する防衛体制を記した尼崎警察署が作成したものだ。「警備指揮運用書」*[4](欄外に「昭和二〇年四月頃の作成と思われる」の注書きがある)要警備対象物件調査表の尼崎精工欄には、主タル製品、兵器。従業員数、一八一〇。と記されている。他の著書*[5]に「戦前、従業員三千人を数えたことがあった」とある。

学徒などについて、「わが心の自叙伝　工場と戦争」に次の記述がある。

近くの尼崎中学校の生徒と甲子園女学校の生徒が、悪口のいい合いをするのがおもしろかった。（中略）サイパンの玉砕があり、戦局は悲愴になり、サイパンを忘れるな、の声が高まっているとき、中学生であろう、便所の落書きに「アンパンを忘れるな」というのがあった。凄い風刺にドキッとさせられた。

勤労動員された兵庫県立尼崎中学生の日記が残っている。資料編集者は、尼崎精工の「工場では雑役仕事もしたが、基本的には高射砲の信管制作のボール盤作業であったという」[*4]と記述している。日記のごく一部を示す。

昭和二十年六月二十四日（日）雨本日朝より雨降り。この分では帰れると喜んで工場へ行くと、今会議をするから待って居れとの事。その結果、（中略）工場へ割り当て。俺は高射算定具を製ってゐる一〇工場。静かな工場で俺たちは殆ど何もしなかった。昼食はパンだった。（以下略）[*4]

落書きをしたのは日記の当人ではないだろう。「パン」が一致しているところになにか思わせるものがある。

資金繰りの大きな躓《つまず》きの一因に「戦時補償の打ち切り」[*6]をあげている。

戦時中の売上金一五〇〇万ばかりは貰えないことになりました。（中略）八月一五日までに貰っておけばよかったのです。

第二次大戦中に政府が公約した軍需会社の損失補償など、民間に対する戦時補償の未払い分を打ち切る手段として一九四六年一〇月公布。この法律（会計経理応急措置法、金融機関経理応急措置法：一九四六年八月一五日施行）で補償請求者に対し、補償と同時に、補償額と同額の戦時補償特別税を課し、実質的に戦時補償打ち切りの措置をとった。

この金額がいかに大きいか、先に用いた金額六〇〇〇円で除すと二五〇〇人分だ。

推定従業員数の五ヶ月分の給料に相当する。悔しがる気持ちはよく分かる。

一方国民には一九四六（昭和二一）年二月一六日に発表された、金融緊急措置令をはじめとする金融施策、旧円封鎖（新円切替）*7によって、国民が戦前に持っていた現金資産はほぼ無価値になった。


旧円封鎖のかたちになり、会社も社長以下個人も預金はなくなってしまいました。


嘆くことしきりである。

一九四八（昭和二三）年六月発覚した昭和電工事件（昭電疑獄）で名を馳せた復興金融公庫*8の融資も、申請一千万円の三分に一程度しか受けられず、加えてインフレの進行で実質五分の一にも使えないありさまだった。

復興金融公庫の設立は一九四七（昭和二二）年一月。一九四九（昭和二四）年三月、昭電疑獄から九ヶ月後に新規融資を停止した。融資を申請したのはこれ以前だったのだろう。積極活動期間は約二年間だった。

その上、物品税*9の納付が追い打ちとなり、行き詰まりはますます深刻になった。

物品税は蔵出し税の一で、とくに戦争中の家庭電気機器はぜいたく品と見られ製造禁止や高額な物品税の対象となった。一九三八（昭和一三）年、一〇％で始まった物品税は、一九四四（昭和一九）年、六〇％となり、戦後一九五一（昭和二六）年では二〇％といった高い課税状況が続いていた。こうした状況で資金確保に齟齬が生じ、組合の要求に応えられなくなったと強調した。だが、説得力はなく、総同盟の書記長からは、そんなことは、多かれ少なかれ他社も同じようなものだと一蹴された。そこで、よい輸出注文がとれているので、先行き好転の見込みは十分あると、少しフレームアップ気味に力説した。書記長は「今後はうまくやってくれるでしょうから」と言い、沈静化の兆しが表れた。結局、土地の一部を売却し、知りあいからの借り入れなどで得た金で、大晦日の夕方、若干を支払って大体を済ませ、一九四八（昭和二三）年は終わった。

明けて一九四九（昭和二四）年。早々から資金繰りは苦しく、労働組合から年末に売却を迫られ、強く抵抗し阻止した社長の車・ビュイック、くわえてトラックも売らざるをえなくなった。そんな状況になり、ようやく人員削減を行うことにした。

時期を失していましたが、どうしても従業員を減らさなければと思い、希望退職を募ることを、組合長に交渉しました。（中略）やがて協力に同意してきました。（中略）百五十名ばかりの数が出ました。

だが、後に組合長からは妥協の代償として賃上げを求められそれを認めた。希望退職という生ぬるい整理で優秀な工員を失い、資金繰りの改善効果も上がらず、あるべき整理になっていなかった。と後悔する中途半端なものだった。

ここで、再びポンド切り下げ後の十一月に立ち返り、資金繰り悪化の社会的要因にドッジライン*10を上げている。ドッジラインは一九四九（昭和二四）年三月に日本経済の自立と安定のために実施された財政金融引き締め政策で、均衡予算、収入と支出が等しい予算を政府に強制した。このため世間の資金流通は不足し、金策は難渋を極めた。労使交渉は難航し、行動はストライキ、ピケッティング、ビラ貼り等へと先鋭化していった。労使間の硬直した事態を何とか打開しようと、少し入った売掛金から少しでも払うと組合長に利益誘導をほのめかした。組合長は乗ったかにみえたが、スト解除には結びつかなかった。工場長や肝いりの社員に個別懐柔もさせた。個々には「分かっている」とはいうものの、組織である組合の対応は変わらなかった。どうにでもなれと半ばやけ気味のところ、ストが解除され工場が再稼働した。一六日ぶりのことだった。なんでもないことだという表面のそぶりとは裏腹に、機械の騒音に工場が動き出したよろこびを内心に感じるところは経営者の心境がよく表れていて、いささか胸を打たれた。

その翌日、若干の金を出しました。徹底的な粉砕と処分をしなければ、という社長を止め、私はまた微温的に同情的に、ことをまるめておきました。しかし組合長は責任を負って交代しました。

資金繰りはますます困難の度合いを増していった。四千万ほど焦げつかせた銀行の信用は失墜し、手形割引ができなくなりそうになった。社長、経理部長らの日参の説明で、渋々よい商業手形*11さえもってくればというところまでこぎつけた。だが、生産が上がらず代金としての約束手形が手に入らなくなっていた。そこで、割り引いて貰えそうな融通手形*11を手に入れようと考えた。誤解を恐れず、商業手形と融通手形を割り切って説明すれば、前者は取引実態のある約束手形。後者は取引実態がなく、架空の取引を作る必要がある、金策のための約束手形と言える。

戦争中、うちの仕事をしてかなり儲け、戦後に会社を大きくした男、彼なら恩義を感じて、いうことをきいて呉れるという気持ちがして久しぶりに呼びました。

「手形を貸さないか」と持ちかけた。が商売の仕方や当てこすりを聞かされるだけに終わった。その後は、得体の知れないブローカーを始め、手当たり次第といった感じで融通手形を依頼して廻った。その仕方は詐欺かペテンではないかと疑いたくなるほど、危なっかしい感じのものだった。

金策の一方で債権者からの取り立てにも追われた。それを躱《かわ》す手口も金策同様に口から出任せのいいわけや、その場限りの場当たりな対応に終始した。落とさねばならぬ手形の期日も迫ってくる。藁にもすがる思いで渡した融通手形の相手が怪しいブローカーと分かり、慌てて取り戻す危うい一幕もあった。そんな状況で迎えた十二月二十日。手形の交換でもしたいという電機会社があると、渡りに船の話が舞い込んできた。額面二百五十万円の手形を交換したのだが、こちらの手形が電機会社の取引銀行では割れないという問題が生じた。窮余の策として、電機会社の手形の額面を三百万円にしてもらい、その半額を相手に渡すことにして漸くことは成立した。現金化は三、四日もすればできると相手に伝えていたのに、銀行での手続きが手間取り思っていた以上に日数がかかった。「まだですか？　二十五日には金がいると言ったでしょう。約束が違う」と、遅れを怒る電機会社の経理部長をなだめすかし、金ができたのは二十七日のことだった。

給料はやっと十一月の残りと十二月分を半分足らずしか払えません。棚上げになっている分など思いもよらぬことになりました。

組合は納得せず騒ぎは続いた。もう三十日、以前銀行に割れないといわれ預けていた、たった一枚残っていた手形が、傍系会社を使えば割れることになった。

結局、十二月分を大体はらっただけで、棚上げ給料は払えないままとなりました。

組合も、もうあきらめて、ではよいお年を、という挨拶も力なく別れました。

年が明けた（一九五〇年）。

給料も、借りた金（手形決済を含む）の返済も、商売で稼ぎ出すしかないと思っているところへ、新しく進駐軍の仕事の大きな入札が発表された。

何としてでもとらなければならない。そんな切実な思いから、原価計算でぎりぎりの線を出し、品種のうち数量が少なく高価なものの単価を極限まで下げ、技術部には安くするために材料をいっそう切り詰める設計を強い、ぎりぎりの値段を出した。さらにその八掛けの金額とし、その上千円を引いた十万九千円で応札に臨んだ。

結果は強敵のS社※が、二〇％近くも低い八万九千円で落札した。入札前夜、S社の営業係へ探りを入れ「ああ、明日の奴ですか。うちはもう投げていますのや」と聞いていたのに、目前の大きな希望が消えた。（※「わが心の自叙伝　破産」に三洋電機株式会社の明記がある。文脈から推して断定しても差し支えないと思われるので、以後、引用部を除き三洋と記す）

小さな注文は続いていたが、給料の遅れなどの不満から労働者の志気は低下し、その影響は品質にも表れ、前金もとれないありさまになっていた。

暮れに借りた電機会社の大きな手形の金を返す見込みもうすくなりました。

意を決して電機会社の経理部長に何とか延ばす手立てはないかと相談に行った。が、部長は怒り「あなた、それじゃ詐欺ですよ、……」と激しくなじられた。その見幕におされ、当てもないのに、もう一度やってみますと応えた。融通手形を決済するための融通手形入手に奔走した。借金返済のために新たな借金をする。いわば借金地獄に陥った多重債務者さながらだ。そんな中、額面は小さいとはいえ、ついに不渡りが発生し、全銀行に警戒情報が発せられた。融通手形の入手はさらに困難になった。なんとか手に入れたものも、賃金や債権者への支払いに回すと僅かしか残らなかった。その中から電機会社にはほんの一部を返済しただけで終わった。電機会社は自社で手形の始末をつけたらしいと、後に分かった。

やっと取った前金も、暮れからひきつづきの手形の決済に使えば、立て直せません。

この際、いっそ不渡りにし、銀行の取引停止処分になっても、その金をもとに別会社の名前で仕事をしよう、と心にきめました。

弛緩しきった勤労意欲の回復は望めないと決断し、解散という出直し的人員整理を決行することにした。日頃のやりとりの中では「全部出てゆく、失業保険を貰っている方がいい」といっていた組合員たちだが、直面すると手のひらを返したように退職金などの整理条件を要求してきた。

とうてい出るわけないさ。一文もないのはわかっているじゃないか。できる位なら給料を払って、解散なんかしないよ。

「ここまできて、ごまかそうというのか、新しい注文の前金百万円はどうしたんです。出したらいいんだ、入ったのはわかっているんだ」

子飼いと思って長年面倒をみてきた社員に突然暴露され裏切られた気分になった。退職金などの支払いは、日頃の発言からないだろう。そう思っていただけに釈然としない気もあった。けれど、悶着を引きずってこじらせても仕方ない。無理をしてでも譲って早く決着をつけ出直した方がよいと思った。

一切を払い、足りぬところは証文にして渡す、ということで手を打ちました。立ち直れば、その代わり、また戻ってきて貰うという条件にしました。

負担少なく整理を進められるかもしれない。そんな当初のあまい思いは完膚なきまでに砕かれた。が、日々責められる賃金・給料問題からはとりあえず解放されることになった。

それでも、いつも黙っていた目ぼしい熟練工は、やはり留まってくれました。しかし、愈々仕事にかかろうとしても、朝鮮動乱関係*12で注文は取れるにしても、まず運転資金から作って行かなくてはなりません。

朝鮮動乱（朝鮮戦争）は一九五〇（昭和二五）年六月二五日勃発した。一九五三（昭

和二八）年七月二七日休戦に入り現在に至っている。
そこへ国税局が入ってきた。

税金や公租公課の滞納は、容赦してくれませんでした。今まで不動産だけだったのが、材料から一切を差し押さえて公売するという宣告です。整理によって立ち上がる光明を見出していたわずかの残存従業員も、それと感じて、不安の面持ちで、事務所に残っていました。

翌朝、国税局に出向き課長に嘆願書を提出し、併せて事情を説明した。

進駐軍のとりあえずの仕事だけは止まらないようにしてあげる。しかし、今月で一切の競売を行うことだけは、もうまげられぬ。
（課長の言葉に）矢折れ刀つきました。

そんな思いで外へ出ると強い風が吹いていた。ジェーン台風*13である。

一九五〇（昭和二五）年九月三日午後一時頃神戸市内に上陸。尼崎市域が暴風圏内に入ったのは午前一一時頃だった。一二時前後には最大瞬間風速四四メートルを記録した。浸水域は国鉄山陽沿線（現ＪＲ）以南のほぼ全域である。浸水マップを見ると、尼崎精工は五〇cm～一ｍの浸水域に含まれている。工場被害は被災三五八工場に及んだ。

尼崎精工は、工場の多くの建物が倒破壊し、浸水で機械などもダメージを受ける甚大な被害を受けた。

台風一過。雲間のきよらかな青空を見上げた。

私は何ともいえない安らぎにおちついてくる自分を発見しました。私が自分をまで含めてごまかそうとしていた何かもやもやとした一切のものが、断乎として吹き飛ばされたような気がしてきたのです。而《しか》もこの被害は世間の同情を買うでしょう。借金は待ってくれるでしょう。税金もこうなれば諦めるか待つほか仕方ないでしょう。退職させた従業員も給料の支払いを待ってくれるでしょう。この惨憺たる被害に、政府は災害復旧資金を計上し、銀行からも金が借りられるでしょう。私の待っていたいいこと、救いはこの徹底したどん底だったのではないか、負け惜しみでしょうか、いやそんなことはない、いつのまにか私は立ちあがっていました。そして空の一角のきよらかな一点の青空を、長い長いトンネルの中で小さな出口のあかりを見つけた思いで、飽かずに眺めていました。

あまりの惨状に絶望するのではと思ったのだが、この心情を楽天的というべきか、はたまた剛胆というべきか。

＊1　戦後ポンド、切り下げで検索　ＹＡＨＯＯ！知恵袋

＊2　戦後通貨体制の変遷で検索

＊3　ＳＮ総研公式Ｗｅｂサイト　思い出の初任給

＊4　地域史研究―尼崎市史研究紀要―第二巻一号

＊5　「ひとりぼっちの世界」『巡航船』収録　杉山平一著

＊6　戦時補償の打ち切りで検索

＊7　旧円封鎖で検索 新円切替―Ｗｉｋｉｐｅｄａ

＊8　復興金融公庫で検索

＊9　噴流式洗濯機で検索　「洗濯機技術発展の系統化調査」大西正幸著『国立科学博物館　技術の系統化調査報告　第一六集』

＊10　ドッジラインで検索

＊11　融通手形で検索　融通手形―Ｗｉｋｐｅｄｉａ

＊12　朝鮮戦争で検索　朝鮮戦争―Ｗｉｋｉｐｅｄｉａ

＊13　ジェーン台風で検索　ｗｅｂ版　尼崎の歴史―現代編

三　「今年最後の入道雲」をたどる

事業は継続している。「風浪」のおわりに言っていた「私の待っていたいこと」が実現したのだろうか？　そのあたりの経緯は判然としない。

「風浪」と「今年最後の入道雲」の時間接続点は朝鮮戦争特需*[14]の時期になっている。朝鮮戦争特需を大胆に要約すれば、アメリカ軍、在日国連軍及び外国関係機関から日本に発注された物資やサービスである。外国関係機関からのものを間接特需ともいう。この後に続く神武、岩戸、オリンピック、いざなぎ景気などの序章となった。

朝鮮動乱で、景気はにわかに噴き上がりました。それなのに、私たちの工場は、ジェーン台風で破壊していたのです。民放ラジオの開局*[15、16]で、ラジオ製造会社は、おどり上がるように、立ち直りました。

一九五一（昭和二六）年九月一日に初の民間ラジオ放送が始まった。放送開局を前にラジオ受信機の需要は高まり、多少ともラジオ作りの技術を持っていた人はラジオ作りに熱中した。*15 一九五一（昭和二六）年の開局数は七。翌年は一二。以後続々と開局され、一九六三（昭和三八）年まで続く。一九六九（昭和四四）年以降の開局はエフエムになる。*16 何故か、ラジオには参入を試みていない。ライバルの三洋はラジオでも好業績を上げた。

新製品として洗濯機の製造販売を開始した。

水を環流させて洗うので『環流式』と名づけました。

まもなく、モデルにした洗濯機は同じイギリス製なのだが、三洋が噴流式と称して販売をはじめた。広告宣伝、販売力に圧倒され、「『噴流式』といわねば」通らなくなった。独自性を出すために洗濯終了を回転数で自動停止する自動スイッチをつけ、新案登録も取った。

ところが、二ヶ月もしないうちに、Sの新聞広告は、大々的に、タイムスイッチがついたと書き立てました。

「うちは、自動スイッチつけるぜ、いうたら、Sの方は、そんなものいらへんいうてましたわ」

と、役員会で報告があったのだが。

家電業界では、三洋が噴流式洗濯機*[9、17]の先駆者として、その評価は定着している。一九五三（昭和二八）年八月、三洋がトップを切って噴流式洗濯機を販売し、多くの企業も参入した。ちょうどその年の六月、「出力一〇〇W以下の洗濯機」は物品税が撤廃されて、価格は三万円以下にできた。*[9]従来の洗濯機の半値近い二八五〇〇円で販売したため、爆発的な売り上げを記録した。初年度の生産台数は月産二〇〇〇台だったが、翌年には月産一万台を突破し、発売三年目の一九五五年にはトップシェアを獲得した。評論家の大宅壮一をして、発売年を「電化元年」と言わしめた。*[17]こうして「洗濯機は三洋」のネームバリューが確立することとなった。この後に続く「三種の神器」*[18]の先駆けともなった。洗濯機でも三洋に大きく後れを取った。「今年最後の入道雲」の本文中には製造販売開始の年月日は明記されていない。文脈からは尼崎精工が先行しているように読める。自筆年譜には次のように記されている。

　一九五四年（昭和二十九）
　六月、尼崎精工では、扇風機につづき、攪拌式ではない我が国最初の、環流式洗濯機を製造するも、時期尚早のため売れ行き伸びず、経営難渋。

資料が示す三洋の販売時期と一〇ヶ月食い違っている、しかも遅い。この違いを明らかにするのは大変困難なことだと思われる。

モーター*[19]には自信があった。『尼崎商工名鑑　一九五四年版』尼崎商工会議所発行に、尼崎精工の製造品目は扇風機並小型モーターとあり（傍点は筆者）、自信を裏付けている。出回りはじめたミキサー*[20]で業績の回復を図ろうと考え製造販売にのりだした。
ミキサーは食材を攪拌・粉砕してすべての栄養素を摂取しやすくしたり、料理の下ごしらえに使う調理器具。一九五五（昭和三〇）年、粉砕物を注ぐときや持ち運びに便利な取手付きミキサーが発売された。価格は一五〇〇〇円だった。一九五四（昭和二九）年、松竹に採用された山田洋次氏、現在、日本を代表する映画監督の一人、の初任給は六〇〇〇円、半年後に一一〇〇〇円になったという。*21 一般、サラリーマン家庭でも手の出せない高嶺の花ではなかったと思う。
カップ部にビールのジョッキーのように取手をつけて、従来にない型を開発し売り出した。「その独自性で、ミキサーの評判はかなりよかった」実用新案は認められなかったが、特許申請中として売り続けた。

どこも真似ませんでしたが、流石はS電気で、詳しくしらべたと見え、一年経たぬうちに、把手つきのミキサーを大々的に出しはじめました。

取手付きミキサーの製造販売も他社に先んじていたようだ。とりわけ三洋に対してはその対抗意識が強く表れている。売り出し時期は本文にも、自筆年譜にもなかった。だが「わが心の自叙伝　破産」に「ミキサーのあと私たちは洗濯機にかかった」の記述がある。業界の資料では、生産の過程は洗濯機、ミキサーの順であり、詩人の言う順は転倒している。こうした転倒は洗濯機でも見られた。詩人の思い違いかも知れない。ともあれ、先駆けの優位性は今回も発揮することができなかった。

原因は増産体制を構築するに必要な資金不足だ。台風のダメージから回復できていないことを知っている銀行は資金を出さない。このうえは増資で自己調達するしかないと考えた。

株式は上場*22されていて、次の資料がある。

【株式上場履歴】

〈福証〉一九四九年七月四日～一九五一年九月六日（上場再審査）

〈大証一部〉年月日～一九五一年九月一日（上場再審査）

私は（上場再審査）の意味を知らないので、増資を図ろうとしていた時期と整合しているかは分からない。

増資をするには黒字で株式配当をする必要がある。そのため、決算を粉飾し、無理な配当をつづけた。そんなある日、株ゴロではないかとおぼしき威丈高な木本と名乗る男が来社した。何度か会ってるうちに横柄な態度ほどに悪い人間とは思わなくなった。それなりの親近感を抱くようになり増資についても相談もするようになった。増資をアピールする株主総会は木本など株屋の協力で乗り切った。

六ヶ月後に増資の金が集まれば、一挙増産態勢になる。

――はずだった。

配当金の不足を作るのにミキサーを大量に担保に入れ、高利の金でまかなった。ある日、地方の問屋からミキサーが安く出回っていると電話がはいった。調べると詐欺師がとり込み百貨店に流していた。全部の問屋が値引きを要求してきた。

資金に詰まっているのを知った外部重役から、二千万ばかり、しばらく使える金があると言ってきた。弁護士が入っているので間違いないと思い飛びついた。「百万の手形を二十枚書いて貰いたい」といわれ、金と引き替えでなければと警戒をしたが、手形を預ける銀行に同行し預かり証を受け取ることにした。翌日弁護士から割り引くのに裏書きがいる。裏書きをしてくれる知り合いの機械会社に諒解をとったので、預かり証をもって来てくれと電話が入った。男と銀行の前の喫茶店で落ちあい預かり証を渡した。十分もすると手形をもって戻ってきた。

「金は明日にも出せるそうです。じゃ、すぐ裏書きの印を貰ってきます。待っていて下さい。電話はこれです。名刺をあずけておきます」と、その機械会社の社長の名刺を置いて行きました。

さんざん待ったが男はついに現れなかった。弁護士はそんなはずはないといったが結局詐取されたと分かった。

こんな融通手形に手を出していることが知れてはと、思いましたが、裁判所に無効公告の告示を出す手続きをして、銀行にも打ち明けました。(中略)資金繰りはひっくり返る破目になってしまいました。

こうなっては、生産をあげるしかないと思い定め労働組合との激しい交渉に入った。

「尻たたく前に遅れている金払いなはれ、仕事に掛かるのはそれからや」

「やってくれ」

「金払え」

「三日だけ待ってくれ」

こんな押し問答をしている最中、

「一日も待てますかいな、私は待てません」

隅の方から、にくたらしい女の金切り声。

ついこの間、近所のキャラメル会社の女子のストライキが紛糾*23したばかりでした。

このストライキは、一九五二（昭和二七）年三月労働組合を結成し、労働時間の短縮、福祉施設の要求などを獲得した、グリコ大阪工場の女子労働争議を指しているようだ。女性の争議だったため世間の耳目を引いた。「金切り声」に切なさを感じ「いたたまれなくなって」あてになる根拠もないのに「二日待ってくれ」注文の話がきている東京の商社に前金をたのめるかも知れない。と言ってしまった。「それなら、すぐ今晩、東京へ発っとくなはれ」。委員長の言葉に、深夜十一時であったが「よし、行こう」と、心意気を見せ、最終の鈍行に乗ることでその場は収まった。

前金のお願いに行った商社には、給料が遅れているなどと言えるはずもなく、勿体つけた話を持ち出してみたが、研究させてくれと体よく断られた。

帰路の車中で、二度も手形サイトのジャンプをしてくれたD工業に思いがいった。今度は必ず決済する約束で銀行に積んでいたD工業の金。それを賃金に使い込むことにしよう。温厚な社長のことだ今度も待ってくれるだろう。この程度の金で困る会社ではない。などと身勝手な考えを巡らし決めた。翌日の団交はおだやかにすんだ。

材料、製品を収める箱の調達も、金払いを巡って大変苦労をしたが、なんとか業者に承諾して貰らい製造にこぎつけた。

D工業へ、恥も何も捨てて手形のジャンプを依頼に行った。だが、社長は秘書を通じて「手形以外なら会う」といって面会を拒絶してきた。

なんとしてもこの手形だけは落とさねばならない。

営業部長があれは危険ですよというのも聞かず、地方の小売店から前金として手形をとってこさせた。その手形を担保に知り合いから額面の半分を借りることができた。足りない分はまだ取りに来ていない交通費、保険の金、机の中をかき回して集められる小銭、すべてをかき集めた。なお十万円足りない。見かねた女子事務員が結婚資金であったと思われる金、十万円をもってきてくれた。

駆け込んだ銀行では、手形はすでにD工業へ戻してしまい明朝不渡りの発表が出るといわれた。不渡りが出たあとでも決済ずみの取り消しはできるといい、応対した副長は取り消しに応じてくれなかった。途方に暮れ一旦は帰路についものの諦めきれず、もう一度銀行に引き返し守衛に副長の自宅を聞きいた。暗い住宅地を探しあぐねやっとたどり着いた。昼間とはうって変わって優しく丁寧に応じてくれた。「明日の朝、すぐ交換所へ電話して印刷を抹消してもらいましょう」と言ってもらい、ほっとひと息ついた。

製造を急がせた扇風機は、最後の十台の不具合がどうしても解消できず検査員を深夜バーへ組合長が連れ出した。その間に合格品の荷造りを解き、すりかえて検査をパスさせた。罪悪感は後々まで残った。「わが心の自叙伝　扇風機の生産」の中に同様の記述がある。韓国の鉄道にとりつける輸出用扇風機の最終工程でのことのようだ。

商社へ集金に行っている営業部長から、第二次中東戦争*24の勃発で集金できないと連絡が入った。第二次中東戦争は一九五六年一〇月二九日〜一九五七年五月である。英仏が失ったものは大きく、得るものはなかったに等しい。対してエジプトは敗戦といえる状況だったが、スエズ運河の国有化、続いて英仏銀行の国有化もした。くわえて中東での発言力を確固たるものにするなど、多大のものを得た。アメリカの影響力によるといわれている。余談ながらこの後〈なせばなる、なさねばならぬ何事も……ナセルはアラブの大統領〉の戯れ言がはやった。ご記憶の方もおられよう。

賃金が払えなくなった理由を説明する団体交渉と同時に、金策にも追われることになった。知り合いの専務に、品物を担保に資金の融通を頼もうと思い出向いたが留守だった。帰社しているだろうと思われる時間に再び訪ねた。専務は帰社していなかったが、自社から電話が入っているとの伝言があった。会社へ電話をした。「営業部長がたのんで荷物をあずけるということで、やっと半分、手形をもらえた」と、いう知らせだった。街金（この時代、街金とヤミ金はほぼ同義といってもよいかもしれない）ですぐに現金化した。「私たちはいい」と言ってくれた幹部職員を除いて賃金の支払いができた。荷箱屋では金が払えないことに怒った社長が「約束だ、さあ、指を切れ」と、出刃包丁と金槌を突きつけてきた。平謝りに謝り三日さきの先付け小切手を渡してその場はおさまった。

会社が厳しい情況にあるにも関わらず、警職法*25反対のデモに参加すると組合はいってきた。

きみら、そんなもん関係ないやないか。仕事ぬけたら、また給料おくれるやないか。「そういうことというから、専務はあかんねん。警察職務法は戦争の準備でっせ」

などと、多少のやりとりをしたが、結局十名の参加を認めた。一九五八（昭和三三）年一〇月、岸信介内閣は国会に警察官職務執行法（警職法は略称）改正案を提出した。広範な市民が反対運動を展開した。「オイコラ警察ハンターイ」「デートもできない警職法」わかりやすいスローガンが飛び交った。婦人、文化、労働団体も反対に立ち上がり、政府は改正を断念した。

ある日、若い男が例の百万の手形を一枚持ち込んできた。名刺には土建業、西村組・

専務とあった。この手形を詐取した連中の目ぼしはついている。始末の手助けをしようということだった。取り上げるのにいくらかの礼が要るという。そして、次第に持ってくるようになった。一枚につき最低十万円、なかには三十万円というのもあった。

電話代が払えなくなり電話が止まった。二時間ばかりで通話は再開したのだが「スグコイ」の電報が商社からきた。弁解は聞き入れてもらえず、電話料金をたとえ一時《いっとき》でも滞納するようではと取引停止になった。追い討ちをかけるように物品税の滞納を理由に国税局が差し押さえに入った。労使一体となって嘆願書を出したり、手形の始末で縁ができた西村組を介して国会議員に斡旋を依頼したが、一万五千坪の土地建物の公売は止められなかった。社長はこうなっては土地建物を売って払うしかない。公売で安く落札してもらい、その差額を立ち直り資金に貰うようにしようと奔走した。公売日ぎりぎりになって大きな敷地を求めている化学会社があることを知った。化学会社が落札する前提条件で、二千坪の土地と七百万円を渡すという契約を秘密裡に交わした。入札は思惑どおりに化学会社が落札した。増資は頓挫し株屋の木本も姿を見せなくなった。公売の入札は四軒ほどあったと係官から聞いていた。二番札は西村組だったの話が流れた。二千万円の手形詐取、買い戻し斡旋も西村組の自作自演だったのではという噂を聞き、会社を乗っ取ろうとしていたのではなかったかと、疑念が湧いた。入札後はやって来ることがなくなった。

いよいよ明後日、工場をとりこわして、立ち退くことにし、再起新生について、団体交渉の形で組合を激励することにしました。

もう十月に入ったというのに、夏のような暑さでした。西日が、部屋一杯にさしこんでいます。

「みんなに苦労かけたけど、一人もくびにせず、みんなをひきつれて、片隅の二千坪の土地で、仕事できるようになった。これも相手の会社の好意である。会社は殆どの財産を失ったけれど、きみたちの生活だけは、確保できた」と、いつもの、あやまりでなく、元気な声で話しました。

すると、委員長が立ち上がりました。何かなと思うと、ポケットから封筒を出し、そのなかの白い紙を広げて、読み始めました。

「我々は、今日まで、会社の永年にわたる給料工賃の遅配欠配に耐え、筆舌につくしがたい生活の困窮をしのび、家族ともども一千人のものは餓死寸前に追いこまれつつも、全面的に会社に協力してきた。然しもはや、これ以上不安に耐えることは出来ない。幸い、会社がこのたび、土地建物を売却して、七百万円を入手するが、それは我々労働者の立退料と考えるべきである。これを全額、退職金として、我々に支給することを要求する。その上で、現工賃の十五割の給料で、我々は再出発することを決議したことを、通告する。これが拒否される場合は、我々は、此処を一歩も立ち退くことはできない……」

私はくらくらとしてきました。あけ放たれた窓の向こうには、すでに赤くなりはじめた落日を背景に、おそらく、今年はもう見ることができないだろう入道雲が、むくむくと、のび上がるようにもり上がってくるのが見えていました。

自分の思いと、受け止める組合の思いとのあまりにも大きい乖離に「くらくら」するほどの衝撃を受けながらもなお、窓の向こうに起ち上《のぼ》る入道雲に見たものは、苦難の果てに屹立する隆々たる社業だったただろうか。

＊14　朝鮮戦争特需で検索　朝鮮戦争特需—Ｗｉｋｉｐｅｄｉａ

＊15　民法開局で検索　ＢＥＡＣＯＮ－アンカバーから始まったハム人生
＊16　民法開局で検索　放送関連データ－一般社団法人　日本民間放送連盟
＊17　噴流式洗濯機で検索　噴流式洗濯機「ＳＷ－五三」が国立科学博物館「未来技術遺産」に登録－お知らせ－三洋電機－Ｐａｎａｓｏｎｉｃ
＊18　広辞苑　比喩的に、備えておきたい三種の高価で有用な物。一九五〇年代に、テレビ・洗濯機・電気冷蔵庫を言ったことから広まった用法
＊19　尼崎市立地域研究史料館所蔵
＊20　ミキサー　ジューサーで検索　家電の昭和史ミキサージューサー　社団法人　家庭電気文化会
＊21　朝日新聞夕刊　二〇一四　一〇／一〇「人生の贈りもの」
＊22　尼崎精工（株）で検索　企業情報＠ｗｉｋｉ
＊23　グリコ大阪工場女子労働者争議で検索　一九五二年の日本の女性史－Ｗｉｋｉｐｅｄｉａ
＊24　スエズ紛争で検索　第二次中東戦争－Ｗｉｋｉｐｅｄｉａ
＊25　警察職務法と運動で検索　警職法改正問題　一九五八年一〇月　昭和三三年：ヒストガエリ

四　「今年最後の入道雲」その後をたどる

「今年最後の入道雲」以後、事業を主題にし、ある期間をまとめた小説、エッセイ作品の書籍は見つけられなかった。いくつかの作品にわたって断片的に書かれているのを摘出し、『わが敗走』の著者自筆年譜に従ってたどることにした。

一九五七（昭和三二）年

一月、公売落札者と話し合い、土地の一部を譲り受け、アマコー電機として発足した。以後十年、給料工賃、などの金融への奔走、手形のジャングル、労組との団交、債権者、町の金融業者や暴力団とのやりとりが、日に夜をつぎ、安穏の日とてなかった。

「今年最後の入道雲」の末尾部分で、労働組合に団交形式での説明に入る前に「もう十月に入った……」のくだりがあった。年譜の記述から、一九五六（昭和三一）年一〇月だと明確になった。また、F氏などがオルグに入ったのはこの後、間もないことだったと推測される。

「わが心の自叙伝　破産」に同じ読み方の尼崎製鋼（株式会社尼崎製鋼所）（括弧内は筆者）についての記述がある。

その尼崎製鋼の方も、行き詰まって大争議*26になったが、銀行や神戸製鋼が乗り出して救った。「あなたのところも、もっと借金が多ければ、銀行も我が身可愛さに乗り込んでくるのに」といわれた。

あとで考えれば、銀行が融資を断った時点でやめるべきだったのだ。

尼鋼争議は、一九五四（昭和二九）年四月一一日～六月二七日で闘争は終結した。巨額の不渡りの発生で銀行の管理下におかれ、倒産・全員解雇となった。一九五五

（昭和三〇）年四月、神戸製鋼傘下に尼崎製鋼が再出発した。再雇用されたのは、約一八〇〇人の旧従業員のうちわずか四〇〇人という悲劇的な結末を遂げた。その後の労働運動が、政治闘争から経済闘争へ転換して行く、きっかけとなる争議だったといわれている。

争議の実態は、著者が言うような生やさしいものではなかった。労使共に、まさに身を切るものだったのだ。辛くて気持ちも萎えていて、おもわず、やっかみが出たのだろう。

「銀行が融資を断った時点……」が、尼鋼争議の時期を指しているのであれば、一万五千坪の土地売却以前だ。いずれにせよ、タラ・レバのはなしであり、××のあと知恵で現実的意義はない。詮無いことと知りつつ、つい、ぼやいてしまったのだろう。

一九六一（昭和三六）年

三月、母みと死す。七十歳。

「母の死」に懐古がある。

お棺に、お母さんの好きだったリスのショール入れたら、という話が出た。戦前にいい生活をしていた名残で、そこに何かしらの夢があった。

「戦前にいい生活をしていた」の思い、言い換えれば、忘れ難い成功体験が父親共々、事業のみならず私生活までも、経済的破綻に至るまで引きずったのではないか。そう思えてならない。

会社の給料払いが行き詰まって、従業員の組合や上部団体との団交の末、父の家や土地を一時金融に回してほしいといったのがはじまりだった。

自動車の中で、権利書を渡しながら、

「お母さんがいたら、承知しなかっただろうな」

といった。母なら、おそらく、そんなにまでして事業を続けることはありません、といったであろう。やめなさい、切り上げなさい、という亡き母の声が、きこえるようだった。

けれども、気持ちは、ながくつづく給料のおくれを、これで一挙に取り戻して、気分を一転して事業を立て直す期待と喜びに浸っていた。

それから五年、泥沼の苦闘だった。粘りに粘ったけれども、父の家、土地、自分の家もつぎつぎ手放すことで日夜をわかたぬ債権者の攻撃に終止符をうった。

「顔見世」

尼崎の本工場も立ち行かなくなり、全従業員は解散した。切り売りして、僅かに残った工場には、守衛の可愛がっていた一匹の犬が残った。

「犬」 *27

「僅かに残った工場」は一〇〇坪（約三三〇㎡）ほどだった。そこに小さな建て屋があり、毎日出てきて事務所のように使っていたようだったと、F氏は、私の聴取に語った。

三好達治（一九六四・昭和三九年四月五日没）の亡くなったころは一番辛く、告別式に上京する費用も時間もなかった。安西冬衛（一九六五・昭和四〇年八月二四

日没）の亡くなったときも暗い日々だった。（括弧内は筆者）

「わが心の自叙伝苦難の年月」

三好達治の訃報に関連して令嬢の木股初美さんはいっている。＊28

ある朝、まだ寝ていた父が「エッ」と大きな声を出したことがある。新聞を見ていた母が、三好達治が亡くなった、と慌てて父に知らせたのだ。三好達治が父にとってどれだけの人か、私は知らなかった。でもその時の沈黙、ただならぬ気配にドキドキしたことを覚えている。会社が大変な時で、汽車賃すらなく三好氏の葬儀にも行けなかったということを、私が知ったのはずっとあとのことだった。

一九六六年（昭和四一）

四月、帝塚山学院短期大学教授に迎えられる。「映画演劇論」「芸術論」を組み立てる。六月、工場を閉鎖に近いまで縮小、芦屋の父の家、土地の明け渡し、父のあつめた村上華岳、横山大観、梅原龍三郎、藤島武二らの書画を手放し、つづいて自分の家も債権者に渡し、宝塚に小さい借家を見つけ移り住む。

F氏は私の聴取に「会社は昭和四〇年ぐらいになくなった。（中略）その際、労使双方が精算に関する和解協定を締結して労組は解散した」と話した。〈工場を閉鎖に近いまで縮小〉した時期と一致している。

「協定書は在りますか？」

「尼崎総評に残っていると思う」

尼崎総評に、D氏を通じて問い合わせたがそのような文書資料はないとの回答だった。こうした文書は会社にも保存されるのが通常なので、存在の可能性があるとすれば会社になるのだが、探索の方途がなく行き詰まった。

F氏が扇風機を売り歩いたのは、文脈からおして労組を解散する二、三年前だろうと思われるが定かではない。当時、国鉄尼崎駅構内に入っていた、通運会社の単組の委員長だったI氏から、F氏の依頼に応え、約三〇〇人の職場だったが五〇台ほど売った。また、当時職場で「マンコロ」ということばがよく使われていた。駅構内での荷物の積み卸し作業は人力に頼っていて、その作業をする労働者を仲仕といった。彼らの賃金は歩合給（出来高賃金）だった。稼ぐために過酷な重労働を、無理をしてこなしていた。何とか頑張って定年退職し、ホッとする間もなくコロット死んでしまう。余生を楽しむ間もない、そういうあわれな実態を言い表す言葉だった、と話した。こうした労働実態はI氏の職場だけではなく、当時は一般的な状態だっただろうと思われ、尼崎精工もかけ離れた実態ではなかっただろう。

F氏に、私が調べた範囲では、扇風機販売に関してどこにも書かれていないようだと話すと「そらそうやろう。経営者としては恥ずかしいことやからな」一瞬、闘志の顔をうかべ、怒りとも悔しさともいえぬ複雑な表情で言った。さらに後日、I氏の金婚祝賀会に出席したとき、通運会社時代の同僚の方にアマコー扇風機を買ったかを訊ねた。「買った。何人くらい買ったかは、昔のことなので覚えていないが、かなり買ったように思う。スイッチの故障もあったが、首振りも故障した。首がクックッとつっかえるように動くや」と、その様を自分の首で擬態しながら説明した。

債権者が差し押さえた物品を引き上げるに伴ってのエピソードがある。

甥が可愛がっていた鳩だった。「金にもならないだろうから」置いていってくれと頼んだのだが。

債権者の当人が、これはおれが持って帰る、といった。「子供がほしがっとるんや」という。なるほど、それで押さえたのか、と思った。

それから四、五日たった日、妹から電話がかかってきた。

「鳩が帰ってきたのよ、二羽。空から一羽おりてきたので、小屋へ行ったら、一羽は、さきに帰っていたの」

どうにもなるものではなかったが、私の気持ちはなごんだ。「鳩」*27

妹が生計を立てているピアノだ。なんとかして買い戻すから、置いていってほしいと懇願した。「いまさら何をごちゃごちゃいうとるんじゃ、どけどけ」と怒鳴られ、邪険に追い払われ相手にして貰えなかった。

ピアノを強引にもっていった男の名は、ふかく刻まれていた。

その名が、一年ばかりたった日、新聞に出ていたのだった。紺綬褒章受章者としてである。翌日の地方版に、その表彰内容が出ていた。彼が、自分の故郷の小学校にピアノを一台寄付したのだという。

「ピアノ」＊27

一九七三年（昭和四八）

五月、宝塚の山手へ移り住む。

その近くの山に、大きな屋敷を壊したあとに七軒ばかりの家を建てている売り住宅を見つけた。もとが邸宅だっただけに、見晴らしもよく、方々から金を借りて、そこへ移ることにした。

「くちなし」

借家住まいから六年強、日常生活が相当に回復したことをうかがわせる。

五　詩集をたどる

詩に関してはまことに未熟であり浅薄皮相なものしか持ち合わせていない。恥を覚悟で粗雑、雑駁で稚拙ながら感想をつづった。基にしたのは「現代詩文庫 一〇四八『杉山平一詩集』」である。これには『夜学生』『木の間がくれ』『声を限りに』『ぜびゅろす』『青をめざして』からの抜粋作品がこの順で収録されている。解説によれば刊行年次に従って編集されていないという。『木の間がくれ』は『ぜびゅろす』の一〇年後の刊行であり順序に前後があるけれど、たどるのは刊行順とした。

『夜学生』一九四二年（昭和一七）第一芸文社刊

夜学生

夜陰ふかく校舎にひゞく
師の居ない教室のさんざめき
あゝ　元気な夜学の少年たちよ
昼間の働きにどんなにか疲れたらうに
ひたすらに勉学にすゝむ
その夜更けのラッシュアワーのなんと力強いことだ
きみ達より何倍も楽な仕事をしてゐながら
夜になると酒をくらつてはほつつき歩く
この僕のごときものを嘲笑へ
小さな肩を並べて帰る夜道はこんなに暗いのに
その声音のなんと明るいことだろう
あゝ僕は信ずる
きみ達の希望こそかなへらるべきだ

覚えたばかりの英語読本を
声高らかに暗誦せよ
スプリング　ハズ　カム
ウインタア　イズ　オオバア

帰途

夜の電車にのりこんできた
工場労務者
けさ　働く意志のつまってゐた
その心の弁当箱はいまカラカラはずに
帰りゆく夜の家庭を思ふ
幼な児らすでに寝入りたるや
鼻に汗にじませ
つぶらな瞳はいま席を求める

観劇帰りの人よ
立つて
席をゆづれ
明日　きみらがまだ床にあるとき
早くも冷たい朝風をきつて仕事へいそぐ人に
立つて
席をゆづれ

働く人たちへの暖かい眼差しが感じられる。詩全体が若々しくはつらつとしていて、躍動感を覚えた。

『声を限りに』一九六七年（昭和四二）　思潮社刊

ジャズ

勤めに疲れきつたからだに
激しいジャズが
一杯の焼酎のように入つてきて
すでにたそがれた心の中に
パッと電気がつく
すると見え出すのだ
たのしかつたむかしのこと
ふたたび会えぬあなたのこと
亡くした二人の子どものこと

夜

疲れ切つて　仰向けに寝る
おれは水たまりだ
うつし出される一日の記憶に

はずかしくなり
首をまげ　手足をちぢめ
大地の闇に吸われ　消えて行く

『夜学生』から二五年の隔たりがある。工場を閉鎖にちかい状態にまで縮小し、宝塚の小さな借家住まいとなり、一年半ほど経過しての刊行である。経営難で資金繰り、対労問題と難渋を極めていた最中の作品だろう。作者自身、文芸に救われたと、どこかで回想していたが、ひとときの安らぎを求める連続だったであろうことがうかがえる。全体的に自身にまつわるものが多い印象だ。内向きでやや自虐的感じを受けた。気持ちが相当へこんでいたに違いない。

『ぜぴゅろす』一九七七年（昭和五二）　潮流社刊

『声を限りに』からちょうど一〇年隔たっている。宝塚の山手に戸建ての売り住宅を買い、移り住んだのが一九七三年（昭和四八）。それから四年を経過しての刊行。

日常生活が相当程度安定してきたと思われる時期である。作品にも一時の息苦しい感じが薄れているように感じた。苦しい、しんどい境地から抜け出たと思った。

散文詩に引かれた。債権者が差し押さえた物品を引き上げるに伴ってのエピソードとして、泣き笑い、奥歯を食い縛るような悔しさが滲み出ている「鳩」「ピアノ」の二題を拾遺から摘出し先に記した。「犬」は工場を閉鎖状態にするに伴って、守衛が残していった最後の従業員（?）である犬が保健所に捕獲された。その日の金銭もままならない苦しい資金事情にも関わらず、なんとか工面し引き取る話だ。ほのぼのと心温まる内容で、優しさが表れている。

「会う」は、それなりの年齢になれば誰にでも思い当たりそうなこと。少しとぼけた感じがなんとも、おもしろく、おかしい。フフッと口元が緩んだ、後で哀しみと寂しさがじわりとわいてきた。本当は見も知らぬ人なのだが、お互いにどこかで会った記憶を持ち合わせている感じなのだ。

「ときに、どなたでしたかしら、お名前を忘れてしまって」と訊ねてみた

彼は笑って、うれしそうにいった。

「わたしも忘れてしまって、どなたでしたかな」

「私は杉山ですが」

という僕の答えに、わかったという表情を見せず、

「わたしは高田ですが」といったが、僕にも記憶が甦ってこない。

「高田さん？　どこの」「京都の」「京都？」

「杉山さん？　どこの」「芦屋の」「あしや？」

二人は怪訝そうに向かい合った。


『木の間がくれ』一九八七年（昭和六二）　終日閑房刊

三月

走ってくる春の聖火ランナーの
かかげる聖火の白い梅が
チラチラ見えてきた

東の夜空には
春のアークチュルスが
チカチカのぞき出した

むかし　ながく苦しかった時代
あの星に祈ったころをおもいだす。

トンネルは必ず抜けるもんだ
待つものは必ずくるのだ

来たのかもしれない
郵便箱にポトリと音がする

解説によれば、「（この詩集は）長野の好事家の手になったもので、（中略）全詩集が出るまでは、ほとんどの人が見る機会にめぐまれなかった」とある。この詩からは最後の詩集の題名にもなっている「希望」を連想した。気持ちがしっかり前に向かっているのを感じた。

『青をめざして』二〇〇四年（平成一六）　編集工房ノア刊

小駅

過ぎてきた記憶の小駅

町

歪んだり

潰れたり

ぐちゃぐちゃになったり
これは水に映った町
ではないのか

風よ　吹くな
ひとよ　石を投げるな

水面が端正にしずまるまで

一月十七日　暁闇

一月十七日　暁闇
導入部もんなく　伏線もなく
いきなりクライマックスがきた
往復ビンタさながら右から左から
何ものかに叩きのめされて

轟々の地鳴りに　建物　家具　食器　崩落する
ドーン　ダダーン　ガチャガチャの
大交響楽が高鳴り
ドラマは　終わった

薄明のなかに　うっすら現像されてきた
阪神の一変した　すがた

何ということだろう
一瞬のカットバック
在ったものが消え　在るべきものが　無くなって

いまや　隠れていたものに気付かされた
水やガスが　ひそかに地の中を走っていたことに
世界に開いた日本最大の窓が神戸港だったことに
日本中が神戸の靴で歩いていたことに
日本中の自動車が神戸の部品で走っていたことに
その神戸が止まった　足を失って
危ないかな　日本

だが神戸は支える　支えるだろう
無礼な若者　暴走の少年の

隠れていた優しい心も見えてきた
沈静と秩序を支える文化を持っていることも見えてきた

イギリスの放送は
神戸とは神の戸口の意味だと解説した
見るがよい
戸口には早くも光が見えてくる

これまでの詩集に比べ、短いものは「小駅」のように一行、多いものでも数行。こうした短い詩が三四編収録されているのが特徴的に思えた。父親から教わったという「シンプル　イズ　ベスト」を詩に体現したのだと思った。

一九九五年（平成七）一月一七日五時四六分頃、阪神淡路大地震が起きた。震度七の地域は広範囲に及び、宝塚市の一部も含まれた。詩人の居住地がその域内だったかは分からないが、最低でも震度六前後の強い地震を直接体験したことは間違いない。だから二編の詩が体感的な響きを以て迫ってくるのだろう。この震災をきっかけにボランティア活動が、言葉だけでなく、ありようも広く社会に認知されるきっかけになった。また、高齢で一人暮らしの震災避難者が、孤独に死んでいくことが問題として取りあげられるようにもなった。今日、孤独死は大きな社会問題になっている。震災が隠れていた問題を表面に暴き出したといえる。

「町」は震災直後の町の情景を描写し、その中に復興、復帰の萌しを早くも見出し、いたずらに騒がず、それをそっと見守って欲しいという、願い、祈りを感じた。

「一月十七日　暁闇」は、地震の激しい振動が身体、建物、家具など音を伴って襲いかかかり破壊する様子を活写している。その後に見えてきたものは、平素、目に触れることがなく、また当たり前すぎて気にもしていなかったライフライン、インフラ、日用品等々の存在だ。これらは自分たちは勿論世界をも支えていたことを気付かせた。そして、やんちゃで無礼だと思っていた青少年に優しさが顕在化してくるのを見た。神戸は世界を支える希望の光だ。未来は若者にしか担えないのだから、そんな思いが込められている。

『希望』二〇一一（平成二三）　編集工房ノア刊

希望

夕ぐれはしずかに
おそってくるのに
不幸や悲しみの
事件は

列車や電車の
トンネルのように
とつぜん不意に
自分たちを
闇のなかに放り込んでしまうが
我慢していればよいのだ
一点

小さな銀貨のような光が
みるみるぐんぐん
拡がって迎えにくる筈だ

負けるな

直感的にこの詩は応援歌だと思った。東北大震災被災者に向けたことばにそれがよく表れている。

今こそ、隠れていた背中の印半纏を表に出し、悲境を越えて立ち上がって下さるのを祈るばかりである。奥ゆかしさを蹴破って、激烈なバックストローク、鵯越《ひよどりごえ》の逆落としさながら、大漁旗を翻して新しい日本を築いて下さるように。

詩集の題名を「希望」としたが、少しでも復興へのきもちを支える力になれば、と祈るばかりである。

そして、すべての人々に、自分自身に向けての応援歌でもある。

六　消えない焔

「風浪」書き出しのくだりである。

単純、素朴、隣人愛などというにんげんの素地の美しさは、今日なお、貧しい人たち労働者階級に見られます。都会の電車の中で、作業服の人が恥ずかしそうにしそうに女子共に席をゆずるのを見ることがあります。また洋服階級にまじって、ごつごつした手と地下足袋の人たちの、ささやかな会話をきくこともあります。

「昨日あぶれてもたが」

「きょうの奴、つづけばええがな」

そのひくい声の主は、老年にちかい、しわの深い男でした。日雇い労働者なのでありましょう。私の視線を感じると、恥ずかしい実態をきかれたといように、おどおどした光を目に泛べて黙ってしまいました。白い手、白いカラー、きちんとした背広姿の私たちへのはじらいでもありましょうか。私はその風貌に何ともいえぬとしさと親愛をおぼえました。私はやはり、この人たちを愛しているに違いありません。心の中では何かしてあげたい気がします。その家庭はどんなだろうか、子どもは何人くらい、そんなことへ思いはながれていきます。

ここにはロバート・オーウェンの博愛主義を思わせるものがある。だが、あまりに苦しい現実に、陰りを見せる場面もあった。朝鮮戦争勃発直後の解散出直し的整理をした時期のことだ。

労働者は、私にとって家庭の主婦のようなものでした。お金をわたしていれば円満ですが、お金が欠けると、日がな一日、愚痴をこぼしています。主人が外の事情を話してもわかってくれません。主人は外へ出れば仕事のことでまぎれますが、主婦はたいていお金のこと、暮らしのことばかり考えているものです。労働者もまたそうです。外部の社会情勢やドッジラインのことなどをいっても、気持ちの上で納得できないのです。

事業撤退は、結果論ではあるがあまりにも遅きに失した。その最終結着は何時だったのか。『わが敗走』の自筆年譜を含め、手元の書籍、資料にはなかった。つい最近入手した『杉山平一全詩集』（一九九七年・編集工房ノア）下巻の自筆年譜にそれがあったので記す。

一九八一年（昭和五六）
八月十一日　尼崎工場の一隅に居据わっていたが隣の工場と話がつき、一切を明け渡して、四十三年間の尼崎を去った。

この後、事業に関わる記述は見られない。父親が他界したのは一九七八年（昭和五三）であった。それから三年を経ている。なお事業欲は燃え続けているのではと思った。撤退を遅れさせたのは強い事業欲に加え、博愛主義のこだわりもその一因としてあるだろう。
ジェーン台風で大被害を受けた時点、銀行に融資を断られた時点、工場の土地建物を売却した時点、個人資産を抵当に金策した時点。悉く、一時であれ撤退を思ったのではないだろうか。そのたびに「禍福は糾える縄のごとし」と思い、事業にのめりこんでいく様はある種、依存症を思わせた。
全てをなくした。刀折れ矢尽きて漸く、事業欲の支配から解放された。同義反復的だが、解放されるにはここまでくる必要があった。とも言えるだろう。

父は、しかしなお、企業を再生させようと、九十歳まで尼崎に通ったが、ついに起き上がれず、九十二歳で、私の手を固く握って死んだ。長い苦難の中の同志であり、その愛情と教えは、私のなかに生きつづける。いつまでも。

「わが心の自叙伝　苦難の年月」

事業欲の焔は消えていない。
『わが敗走』は事業失敗の反省と悔恨の回顧録ではない。見果てぬ夢を抱いたまま散った同志である父親と、彼岸に至っても事業の起死回生を果たそうとする決意書だ。事業の成功には、病的ともいえる強い信念と執着が必要だ。その原動力は経済的成功と精神を支える哲学・思想だと成功者の多くが言うところである。じっと機を待つ、その到来がたとえ彼岸になろうとも。この信念と執着を支えたものこそ、思想であり哲学として終生を貫いた博愛主義だった。これが、此岸において文芸という名の事業に大きく結実させた。

私はそう思った。

＊26　尼鋼争議で検索　図説尼崎の歴史‐現代編

＊27　『現代詩文庫　一〇四八　杉山平一詩集』（「詩集　ぜぴゅろすから」）

＊28　杉山平一追悼記事で検索　季　杉山平一追悼号：ｄａｉｌｙ‐ｓｕｍｕｓ

＊　特にことわりのない作品は『わが敗走』に収録されているもの。

あとがき

大阪文学学校の詩・エッセイクラスで学び始めた初年度の終盤近く。一月二四日の合評会開始前に中塚チューターがある詩人について話をされた。詩にはまったくうとい私はぼんやりと聞いていた。二、三日後、突然「戦後、尼崎で父親が経営する会社を手伝い大変苦労した詩人」ということばが頭に浮かび上がってきた。戦後で会社経営に伴う苦労なら、労使絡みに違いないと思った。次の週、合評会開始前、チューターに詩人の名前と会社名を訊いた。

四方山話の話題になる程度のことは掴めるかもしれない、そんな軽い気持ちで労働運動で関わりがあった先輩を訪ね話を聞いた。新学期が始まった四月二五日、これまでに分かったことをチューターに話したところ「それを書きなさい」と言われた。思ってもみなかったことだったので、ちょっと思惑が外れた感じがした。私としてはここらで終止符が打てると思っていたのだ。やってみるかと思い直し、本格的に取り組み始めたのだが悪戦苦闘の連続だった。協力をして下さった方々のおかげで少しずつ見えるものを感じるようになった。

走り梅雨で雨降りが続き、ようやく晴れた六月半ばの夏日のような暑い日だった。工場があった場所を見に、一九六六（昭和四一）年発行の「尼崎精工」が明記されている市街地地図と「尼崎精工」及び周辺が写っている、一九四八（昭和二三）年撮影の航空写真を持って現地に行った。敷地から東北東に距離およそ五〇〇メートルほど、ＪＲ尼崎駅がある。工場の東側の路地のような細い道路を挟み、沿って南北に通っていた尼崎線は廃線になっていて軌道は舗装され道路になっていた。来る日も来る日も金策に悩まされ、強迫される思いで、時には人目をはばかりしけもくに気を配りながら、工場に通っていたのかと想うと胸につまされた。現在、土地を売却した化学工場はなく、建設機械のリース会社とマンションが建っている。当時をしのばせるものは土地の区割りだけだ。

Ｆ氏と令嬢、令息を対面させようと計画し、中川宝塚市長に仲介の労を執っていただいた。「ささやかながらしのぶ会にしましょう」との市長提案で「しのぶ会」が一一月半ば過ぎ、宝塚のホテルで行われた。市長の要望もあって、中塚チューターへ出席を要請し参加いただいた。総勢一〇名だった。席に着く前、令息の顔を見るなりF氏が「専務さんそっくりやねえ。すぐ分かったわ」と言い、座が一気になごんだ。それぞれ手短にエピソードを紹介した。中川市長は詩人が亡くなる二十日ばかり前にされた鼎談について。中塚チューターは、一編は詩人からもらったハガキに関するもの、もう一編はイチ押しの詩について、エッセイで披露された。F氏は団体交渉のありさまを話した。

令嬢と令息の話は共に生活をした者しか語り得ないもので、詩人の素顔を見た気がして感動した。令嬢は「差し押さえ品の引き取りに来た業者が、遠慮会釈なく、どんどん物を引き出し、車に積むのを端然と座って見ていた」「宝塚に引っ越す際にも、荷造りを母が一所懸命やっているのに座って見ているような人だった」と。令息は「従業員の給料が先や。といつも言っていた。母とは生活費が入らないので、しょっちゅう言い争うのを聞いた」「じいさん（祖父）は死ぬまで、英語で日記を書いていた。私も英語教師の資格を持っているのですが、まねできません」と話した。

資料の整理ができ、気持ちも整い、書きはじめたのは三年目の学期が始まる直前だった。取材や調査に惜しみない協力を下さった方々のおかげです。それから一〇ヶ月近く呻吟し、何度か弱気の虫が頭をもたげた。一八回に及ぶ長丁場を書き続けられたのは、合評会の度に中塚チューターをはじめクラスメイトの皆さんの真摯な批評に励まされたおかげです。素晴らしい本に仕上がったのは澪標の松村信人さんのおかげです。皆さんに心からお礼申し上げます。

中村 廣人（なかむら ひろと）

1943（昭和18）年、福岡県京都郡小波瀬村（現・苅田町）に生まれる。
1967（昭和42）年、生コン会社に入社。
以来、コンクリート一筋に今日に至る。
コンクリート主任技士、コンクリート診断士。

現住所
〒660-0077　兵庫県尼崎市大庄西町3丁目7-15

軌跡の小片
——事業家　杉山平一をたどる——
二〇一六年二月十日発行
著　者　中村廣人
発行者　松村信人
発行所　澪　標《みおつくし》
大阪市中央区内平野町二‐三‐十一‐二〇三
TEL　〇六‐六九四四‐〇八六九
FAX　〇六‐六九四四‐〇六〇〇
振替　〇〇九七〇‐三‐七二五〇六
印刷製本　株式会社ジオン
DTP　山響堂 pro.